쥐똥나무 열매만한 시들

초록숲시인선 **14**

쥐똥나무 열매만한 시들

초판인쇄 2018년 12월 20일
초판발행 2018년 12월 30일

지은이 | 조동화
펴낸이 | 박숙희
펴낸곳 | 도서출판 초록숲
등록번호 | 505-2010-000003
등록일자 | 2010.10.27

주소 | 38176 경북 경주시 형산마을안길 26(도지동)
전화 | (054) 748-2788
팩스 | (054) 748-2788
E-mail | jodonghwa@naver.com

값 10,000원
ISBN : 978-89-98932-10-7

* 이 도서는 한국출판문화산업진흥원의 출판콘텐츠 창작 자금 지원
  사업의 일환으로 국민체육진흥기금을 지원받아 제작되었습니다.
* 이 책의 판권은 지은이와 초록숲에 있습니다.
  양측의 서면 동의 없이 무단 전재 및 복제를 금합니다.
* 잘못된 책은 바꾸어 드립니다.

초록숲시인선 **14**

쥐똥나무 열매만한 시들

조동화 시집
Poetical Works of Jo Dong-Hwa

도서출판 **초록숲**

나의 시

외로움의 기슭에
피어나는
보랏빛 도라지꽃들

이천십팔년 겨울

제2부

제3부

제4부

제5부

■ 작품해설

■ 후기

1부

무늬

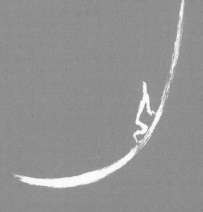

수평선

바닷가 음식점에서
입이 큰 고기 아귀수육을 먹다가
힐끗 쳐다보는데
세상에서 제일 큰 입 하나가 창에 걸렸다
한일자로 꽉 다문
저 커다란 윗입술 아랫입술

봄밤

하늘에서는
낭랑한 별들의 담소談笑에 귀먹고
땅에서는
폭죽 같은 개구리울음의 모닥불에 눈멀다

청설모

누가 걸어 둔 채 잊고 갔는가
나뭇가지에 걸려
바람에 나풀거리는
잿빛 목도리 하나

모래시계

늘 태초의 시간으로 돌아가
왔던 길 되짚어 떨어지는
폭포

보름달

이 밤 저 달나라 계수나무집에는
어디 없이 환하게 불을 밝혔다
아마도 귀한 손님들을 맞아
밤새도록 바비큐 파티라도 열 모양새다

경주의 봄

끝없이 간지럼을 태우는 바람에
재재거리는 햇살에
천년 잠을 깨듯
잔디 파릇파릇 눈을 뜨는 왕릉들

무늬

진초록 부레옥잠 잎에
작은 청개구리 한 마리
우련한 무늬처럼
기적이 앉다

봄 나무들

뉘라 할 것 없이 시인들일세
연푸른 하늘 바닥에
섬세의 극치를 다해 꽃이면 꽃, 잎이면 잎
그 하나 실수 없이 옮조려내는
저 기찬 시구詩句들을 좀 보시게

하늘말나리

어떤 사내도 오를 수 없는
깊은 산 바위벼랑
홀로 늙어가는 절세미녀를
어느 여름 운 좋게도 만난 적이 있다

초석잠

봄부터 가을까지
그믐밤보다 캄캄한 땅속에서
포동포동 살이 찌는
새하얀 누에들

능소화

올해도 제 머리들을
삭둑삭둑 베어 던지려는가,
홍안의 농염한 여인들
벼랑 위 난간에 모여 서 있다

부재

바위 등에 흙으로 지은 벌레집 한 채
누가 두문불출 긴 겨울을 나나 궁금했는데
끝내 통성명이 부끄러웠나
온 아침 문 환히 열어둔 채 떠나고 없다

게발선인장

한겨울
선홍빛 겹치마들을 입고
떼지어 나들이 나온
멋쟁이들!

대비對比

사람 가운데 지독한 게으름뱅이가 있듯이
나무 가운데도 타고난 잠꾸러기는 있는 법
생강나무는 2월 초순에 꽃망울을 터뜨리는데
무환자나무는 5월 하순에야 가까스로 눈을 뜬다

봄의 맛

삼동을 푸성귀에 주리다
뒷산 갓 돋은 머위 잎 따서 데쳐
한 잎 한 잎 쌈 싸 먹으면
온몸이 떨리도록 혀끝에 감겨오는
보랏빛 쓴맛!

제2부

희망의 땅

모과풍령초

해마다 유월이 오면
한지로 만든 초롱 이고 지고
우리 집을 찾아오는
방물장수가 있다

나이테

아름드리 등걸을 밧줄 삼아
뿌리는 땅속에서 너덜겅 부여잡고 당기고
가지는 하늘에서 우주를 끌어안고 당기다가
끝내 또 무승부라며
이 가을도 몰래 가슴에 그려 넣는
동그라미 하나

비파 익다

지난해 동짓달 새하얀 면사포 쓰고 시집와
온 마을 등에 떼들 불러 모아 큰 잔치 벌인 비파나무
겨울 지나고 봄도 지나 후끈한 이 유월에
샛노란 옥동자들 주저리로 낳아 품에 안고 섰다

희망의 땅

끙끙거리며
두 손을 짚고 일어선 바닥
그곳이 바로 희망의 땅일 줄이야!

봄 햇살

나무들이 막 차 스푼만한 잎들을 내밀어
햇살을 떠먹기 시작하는 어제오늘
산중턱 너럭바위에 앉으면
내게도 햇살은 마치
그 옛날 할머니 품어주시던 숭늉 맛이다

이혼

숱한 사람들이 스쳐간 고갯마루에 나도 섰다
이제부터는 고봉들이 즐비한 길이다
몇 개의 봉우리들을 더 오를 수 있을까?
온 몸 자욱한 연봉連峰들을 지그시 바라본다

차마고도*

단애의 허리춤에 걸린 길만 길이 아니다
수십 길 협곡을 가로지른 저 허공의 쇠줄도
하나뿐인 목숨을 걸고 건너야 할 길이다
매달려 흔들리며 가야 할 길이다

*비단길보다 앞선 오래된 무역로로 중국 윈난 성, 쓰촨 성에서
시작되어 티베트, 인도, 파키스탄 등지를 거쳐 비단길로 이어진
다. 깎아지른 절벽위의 길이 끊어진 곳에는 이쪽과 저쪽 단애에
쇠줄을 걸어 말과 사람과 짐을 도르래에 매달아 건너간다.

천둥

아주 가까이서 무지막지한 주먹으로
지붕을 내려찍듯이 꾸짖는가 하면
멀찍이서 맹수들 여럿이
나직이 으르렁거리듯 그렇게 으르기도 하는
두렵고 지엄한 음성

북창 北窓

3년 전 동쪽 기슭을 떠난 감나무가지 하나
바야흐로 잔잔한 서쪽 기슭에 닿고 있다
무수한 비바람과 눈보라의 바다를 건너
그리던 포구에 이마받이로 안착하고 있다

눈부신 미래

벚꽃이 만개한 경주 동방초등학교 앞 큰 도로
새 옷 입고 고사리 손을 든 한 떼의 1학년들이
지금 막 횡단보도를 건너가는 아침입니다
버스도 승용차도 덤프트럭도 지게차도
모두 꼼짝 못하고 멈추어 선 채
이 땅의 눈부신 미래를 지켜보고 있습니다

담쟁이의 길

담쟁이 잎이 져 내리자
그리마처럼 드러나는 얽히고설킨 길들
수직의 벼랑에
저렇게 무수한 길이 있을 줄이야!

사이

좋은 게 좋은 게야, 라고 소리치자
좋은 게 좋은 게 아니야, 라고 맞받아친다
게와 게 사이
전혀 다른 렌즈가 끼어 있는 그 둘의 사이

초해전술 草海戰術

바지런한 농부 부부가
면경처럼 밭을 매어놓고 가면
흙속에 숨은 풀씨들은
세 번이든 네 번이든 거기서부터 다시 시작한다
저를 쏙 빼닮은 풀씨들
그 흙속에 다시 숨길 때까지

제3부

은어들의 고향

민달팽이

사람은 너나없이 발가벗고 왔어도
모두 옷 입고 한생을 건너가는데
너는 발가벗은 채로 세상에 와
맨몸으로 포복하고 또 포복하는구나
여린 살이 아프지도 않느냐
백주대낮이 부끄럽지도 않느냐

사는 일

한잠 자고난 누에들이
소낙비 오는 소리로 뽕잎 갉아먹는 걸 보아라
따로 긴 말이 필요가 없다
사는 일이 먹는 일이다
먹는 일이 사는 일이다

산

멀체나무 사이에 생강나무
소나무 사이에 노뜨레나무
굴참나무 사이에 물푸레나무…
모두모두 흉허물 없이 팔 걷고 살아간다

심장

사람의 왼쪽 가슴 견고한 울타리 속에 살고 있는
생명의 주 엔진인 심장

크기는 주먹만 하고 무게라야 고작 300 그램 내외인데도
매 분마다 70번 정도 펌프질을 하여

하루에 10만 번, 70년이면 무려 26억 번에 이른다고 하네
지구 둘레 두 바퀴 반이나 된다는 길고 긴 핏줄에

밤낮 쉼 없이 피를 보내는 놀라운 힘이여!
지칠 줄 모르는 신실함이여!

꽃밭

바닷가 바위에 다닥다닥 붙은 개딱지처럼
볼품없던 우리네 삶도
깊은 밤 산 위에서 내려다보니
하늘의 별자리를 못지않구나
허구 많은 사연, 허구 많은 눈물들…
모두 남김없이 떠올라 꽃으로 피는구나

은어들의 고향

청호반새, 물총새의 단검들과
검은댕기해오라기의 창날 다 피하고
수직의 폭포마저 넘어온 뒤
친신만고 끝에 닿아 알 낳고 죽음 먼 먼 그곳!

아름다운 최선

 외야수가 까맣게 치솟아 자신의 방향으로 날아오는
공을 잡기 위해 잽싸게 뒤돌아 뛰다가 온몸을 날린다
간발의 차이로 공은 글러브 위를 넘어가 홈런이 되고
펜스에 부딪친 그는 쓰러져 한동안 일어나지 못한다
누가 시킨 것도 아니건만 관중들은 일제히 뜨거운 박
수를 보낸다 호리만치도 실수가 아닌 그의 아름다운
최선에

자벌레 약전略傳

포목장수 자질하여 포목 팔듯
잎도 재어 팔고 가지도 재어 팔고
막 떠오른 아침 해까지 재어 팔려다가
기는 놈 위에 나는 놈 무당새한테
일순 덜미 잡혀 종언을 고함

뱀잡이수리

아프리카 초원에 사는 뱀잡이수리는
긴 종아리와 발이 무소불위의 몽둥이다
우아한 스텝으로 내리찍는 전광석화 같은 타격
두개골이 함몰된 독사는 홀연 일용할 양식이 된다

우리의 소원

우리의 소원은 호수에 비친 달그림자
성급히 달을 꺼내려 안달하지 말 일이다
휘저을수록 그것은 산산이 부서지기 마련인 것
호수 가운데 그냥 저 혼자 오래 놓아두어라
때 되면 가장 둥근 달 휘영청 떠오르리니

시뮬라시옹*

한눈에 가짜가 가짜로 드러나면 누가 속으리
진짜보다 더 곱고, 더 멋지고, 더 훌륭해서
진짜보다 더 진짜처럼 보이니
가짜보다 더 가짜 같은 진짜를 알아볼 일 없네

*시뮬라크르(simulacre)는 존재하지 않지만 존재하는 것처럼, 때로는 존재하는 것보다 더 생생하게 인식되는 것들을 말하며, 시뮬라시옹(simulation)은 시뮬라크르가 작용하는 것을 말하는 동사이다.

다수

태양 따라 서쪽으로 가는 길이 바른 길인데
태양을 버려둔 채
다수는 부득부득 동쪽으로만 가자고 한다
다가오는 긴 밤을 보지 못하고

소신所信

박해하는 쪽에 다수가 있고
박해받는 쪽에 소수가 있지만
나는 늘 소수 쪽에 서기를
망설이지 않으리

괴석조

늙은 두 양주가 사는 괴녀빼기 외딴집
가으내 아름드리 감나무 한 그루가
붉은 열매들을 하늘 가득히 매듣고 서 있었다
그런데 아뿔싸! 오늘 해거름에 흘깃 보니
팥이란 팥 죄다 돕으로 잘린 채
끔직한 몰골이 되어서 있다
나무 높이 많은 열매들을 자랑한 괴석조였다

가을 악사의 약점

 귀뚜라미들의 바이올린 합주는 언제 들어도 훌륭하다
 가을새벽 마을을 온통 뒤덮은 커다란 안개이불을 금바늘
은바늘로 능숙하게 누비며, 호며, 감치며, 박으며, 공그르는
것을 보고 있노라면 절로 탄성이 나온다
 그러나 그런 그들에게도 치명적인 약점이 있다
 함부로 톡톡 튀다가 야트막한 개물그릇에도 빠져 곧잘 허
망하게 익사하는 일이다

제4부

단 한 권의 책

탱크와 티코

 골리앗은 신장이 여섯 큐빗* 한 뼘, 놋투구에 5천 세켈** 무게의 쇠미늘 갑옷을 입고 베틀채 같은 창은 창날만도 무게가 철 6백 세켈이었다 상대인 소년 다윗은 보통의 키, 평상복 차림에다 돌 다섯 개가 담긴 목동의 자루를 어깨에 메고 손에 든 막대기 한 개와 물매가 전부였다 골리앗이 탱크였다면 다윗은 잘 봐준대도 티코에 불과했다 그러나 다윗에겐 당대 최고의 대전차미사일이 있었다 초음속으로 날아가 골리앗의 이마 깊숙이 박힌 물맷돌, 그것으로 무적의 탱크는 싱겁게도 해치에 구멍이 뚫리고 말았다

*1cubit의 표준 길이는 약 45㎝. 골리앗의 키가 6큐빗에 한 뼘이므로 한 뼘을 20㎝로 잡아도 6×45+20=290㎝로 약 3m 안팎의 신장이었다는 계산이 나온다.
**1shekel의 표준 무게는 11.5g. 5,000세켈은 57,500g으로 골리앗이 입은 갑옷의 무게는 약 57㎏이었으며, 600세켈은 6,900g으로 골리앗의 창은 창자루를 제외한 창날 무게만도 약 7㎏에 달했음을 알 수 있다.

아비멜렉*

  재판관 시절의 영웅 기드온과 첩 사이에 태어난 아비멜렉, 그는 아비가
죽자 폭력배들을 고용하여 자신의 형제 70명을 적폐로 몰아 한 바위 위
에서 죽이고 외가 일족이 사는 세겜에서 왕이 되었다 3년 후 하늘의 절
대자가 악한 영을 세겜 사람들 사이에 보내자 반역이 일어났다 아비멜
렉은 세겜 망대에 모인 1천 명을 나뭇가지를 베어오게 해서 태워 죽이
고 다시 데베스 망대에 모인 사람들도 같은 화공火攻으로 몰살시키려
하다가 한 여인이 위에서 던진 맷돌 짝에 머리를 맞아 두개골이 깨어졌
다 그러자 아비멜렉은 아녀자에게 죽었다는 오명을 쓰지 않기 위해 그
의 병기 든 청년에게 자신을 찌르라 하여 최후를 맞았다 악인을 따른 세
겜 주민의 악을 악인의 손으로 벌한 일도 절묘하지만 종당에는 그 악인
마저 꼼짝 못하게 일격을 안긴 맷돌 한 짝의 기막힌 궤적이라니!

*적그리스도의 예표인기도 한 그의 생애는 재판관기 9장에 기록되어 있다.

현자賢者

두메산골 초등학교 졸업에
농투성이과 괭이 전공이 전부지만
말씀의 깊은 곳을 깨쳐
천문학자도 물리학자도 다 모르는
우주 속 제 위치를 훤히 꿰고 있느니

지옥地獄

불의 고리에 또 화산이 폭발했다고
텔레비전은 시시각각 긴급 뉴스를 전하건만
만원 때마다 스스로를 확장하는 지옥*을
세상에는 아는 사람 너무 적구나

*지옥은 스스로를 확장하였고 한없이 입을 벌렸으니 그들의
영광과 그들의 많은 무리와 그들의 허영과 기뻐하는 자가 그
곳으로 내려가리라(이사야 5:14).

단 한 권의 책

사람이 죽은 후
그에게 무슨 일이 일어나는가를
가감 없이 밝혀놓은 단 한 권의 책이 있다
당신은 그 책을 읽었는가?

무모한 고행

시므온 스틸라이트*는 '기둥 위의 성자'로 불린다
그는 시리아 안티옥 부근 광야, 스스로 세운 기둥 위에서 살았다
3미터, 7미터, 11미터… 이렇게 기둥을 높여가다가
마지막은 높이 13미터, 윗면 지름 1미터에서 20년을 보냈다
비, 서리, 눈, 태양빛에 노출된 채 자신의 죄를 없애고
오직 신에게로 다가가기 위해 고행에 고행을 거듭했다
그의 나이 69세 때 움쩍 않는 그를 확인 차 올라가 보았더니
이와 벌레들로 가득한 시신이 되어 있었다 한다

*Simeon Stylites(A.D. 390-459) '기둥 위에 앉아 있는 성도들'이라는 수도회의
창설자.

미망迷妄

티베트 서부 카일라스 산 근처 마나사로와르 호수,
이 물은 죄를 씻어내는 영험이 있다고 하여
사람들은 시시로 찾아와 얼음 같은 물에 몸을 담그곤 한다
물로 마음까지 씻을 수 있다는 어처구니를
어처구니없게도 자자손손 씻어내지 못하는 아둔함

아버지의 의무

"아부지, 사람은 죽어서 어디로 가지요?"

아들이 느닷없는 이 질문은 지상에서는 최상의 질문이다

"그런 건 몰라도 돼. 이눔아!"

이렇게 일축해 버린다면 그것은 최악의 오답이다

그믐보다 더 캄캄한 죽음 너머에 무엇이 있는가를

아버지라면 모름지기 들려줄 수 있어야 한다

우고차베스

베네수엘라의 4선 대통령 우고 차베스
그는 결툭툭이 사회주의자였다
기간산업 국유화와 무상복지라는 신기루에 홀려
황금 알을 낳는 거위들을 보는 족족 잡아
장장 14년간 원 없이 파티를 벌이다 갔다
가장 배고프 나라 1위라는 가혹한 명예를
자신이 사랑한 백성들의 목에다 고스란히 걸어둔 채

66

예어

신은 갖가지 벌책마다
스물에 한톨쯤은 예외를 숨겨 두신다
제아무리 높은 인간의 지혜로도
끝내 그 결말을 예측할 수 없도록

남중국해

멀고 먼 남쪽 남의 집 앞마당에
텐트 몇 개 쳐놓은 뒤
제 힘만 믿고 저희 집 마당이라 우기는
후안무치한 떼꼬쟁이의 바다

음험한 입구入口

도시의 검은 블랙홀은
전봇대에도 열려 있기 일쑤다

대화+만남
1899-2662

무슨 이야기를 하자는 걸까
그리고 만나서 무얼 하자는 걸까
달콤한 미끼처럼 걸린
저 음험한 입구!

하나님의 몽둥이*

미친개는 몽둥이가 약이다, 라는 말이 있다 세계 유일의 초강대국 미국은 이미 오래 전에 우주 속에 이 몽둥이를 준비해 두고 있다고 한다 텅스텐으로 만든 길이 6미터의 이것은 그냥 떨어뜨리기만 해도 지표에 닿을 때는 음속의 30배로 땅속 60미터를 뚫고 들어가 터지는데 핵폭탄과 다름없는 위력이 있다고 알려졌다 지구 어딘가에 땅속 깊이 요새를 마련해 둔 미친놈이 있다면 이 몽둥이는 그놈을 응징하기 위해 준비된 특효약인 셈이다

*Rod from God, 운동에너지를 활용한 우주 무기

제5부

엄마의 속곳 끈

출생기出生記

 북해도로 징용 갔던 3대독자 아들이 폐결핵에 걸려 돌아왔다 몹쓸 병이 나을 때까지 아들부부를 따로 재우는 수밖에 없다고 의논들을 모았다 그날부터 아들은 할아버지 방에서, 며느리는 시부모 방에서 잠을 잤다 그런데 어른들이 모두 집을 비운 하루가 있었다 그동안 서로가 몹시도 끌렸던 젊은 부부는 환한 대낮에 몰래 죄 짓듯이 한 몸이 되었고, 공교롭게도 그 일로 4대독자 사내아이가 태어났다 백날도 못 되어 애비 죽고 어미마저도 개가改嫁가 속절없이 할머니 품에 남겨졌던 그 천덕꾸러기!

개똥이

 나 태어나 석 달 동안 할매는 내 이름을 개똥이라 불렀다오 4대 외동
귀하디귀한 핏줄 병도 잡귀도 다 피해가서 부디 명 하나만 길라고 세
상에선 제일 역한 개똥, 개똥이라 했더라오 어디메 꽃 같은 이름이 있
다한들 이보다 더 간절한 사랑 다시 또 담기리오

내 종아리 피멍든다 해도

 네댓 살 무렵이었지 아마, 고욤나무 그루터기에 할아버지 붙여놓은 감
나무 접을 아주 영 못 쓰게 망가뜨렸던 날은
 황토를 곱게 이겨 발라 짚으로 꽁꽁 사매놓은 것이 왠지 궁금하기만 해
서 문득 풀어헤쳤던 것인데, 할아버지 할머니 엄한 꾸중에다 엄마의 회초
리까지 휘몰아칠 줄이야! 눈에 넣어도 아프지 않을 손자 버릇없는 사람
되지 말라고 짐짓 꾸짖고 때린 줄 지금에사 내 다 알지만 그 때는 왜 그
렇게 야속하고 슬펐는지!
 그러나 이제 다시 생각하거니와 그분들 시방 내 곁에 계신다면 꼭 그날
처럼 날 꾸중하고 때려주실 수 있다면 설사 내 종아리 피멍 든다 해도 기
쁘리 더 바랄 것 없으리

엄마의 속곳 끈

 네댓 살 무렵 엄마는 "나 없으면 니 우째 살래?"하고 걸핏하면 날 붙들고 우셨지 그때마다 난 어리둥절해서 죄 지은 듯 먼 산만 바라봤었네 그러다 밤이 되면 나 잠든 사이 정말 훌쩍 어디론가 떠나갈까 싶어 엄마의 속곳 끈을 내 작은 손아귀에 칭칭 감은 뒤에 비로소 잠이 들곤 했었네 그러나 그건 애초부터 마음까지 붙들어 매는 동아줄은 아니었던 것, 어느 날 밤 엄마는 결국 속절없이 내 곁을 떠나가고 말았네 목이 잠기도록 불러보고 몸부림으로 울어 봐도 한 번 빠져나간 그 속곳 끈 다시는 내 손아귀에 들어오지 않았네 아아, 바로 그날 이후 나는 이 세상 무엇으로도 채울 길 없는 텅 빈 들녘 하나 가슴으로 가지게 되었지 죽는 날까지 양도가 불가능한 그 쓰리고 헛헛한 황원荒原을

나 하나를 당신의 전부로

 나 어릴 때 할매는 한 번도 먼 데 나들이를 하지 않으셨더래 어쩌다 서울 사는 친척이라도 와서 "아지매, 내 서울 구경 시켜 드릴께" 해도 할매는 그때마다 "서울 구경 암만 좋다 해도 우리 손자 보는 것만 할랑가?" 하고는 늘 어린 내 곁에서 지내셨더래 천지간 귀하고 아름다운 것도 많건마는, 지지리도 못 생기고 덜떨어진 나 하날 할매는 그렇게 당신의 전부로 사랑해 주셨더래

가슴으로 우는 법

 남들은 어른이 되어서야 겨우 이르는 경지를 나는 열 살 남짓에 벌써
다 깨쳐 버렸다네
 엄마 떠나고 난 뒤 할매하고 둘이서 걸어야 했던 멀고 서러운 길 난
유독 눈물이 많아 놀다 울고 밥 먹다 울고 더러는 한밤중에 자다가도
깨어나 울었지만 내 눈물 한 번도 바닥나진 않았었지 그러나 언제부터
던가 어린 마음에도 불쌍한 할매 가슴에 더 이상 못을 박아선 안 된다
고 다시는 그분 앞에 울지 않겠노라고 혼자서 모질게 다짐을 했었지
 오호라, 그때 이후로 난 북바치는 설움들을 그냥 꾹꾹 가슴으로 삼켜
남몰래 지그시 삭이는 법에 아주 도가 트고 말았다네

설움의 바다

 이따금씩 생의 외진 굽이를 돌아들 때면 할매는 울음 섞인 노래 홀로 흥얼거리셨네

 석탄 백탄 타는 데는 연기나 나지마는 이 내 가슴 타는 데는 연기도 안 난다는 사발가에 사이사이 "내 속을 누가 알아? 내 속을 누가 알아?" 밤을 온통 적시던 그 넋두리… 이웃 사람들까지 몰려와 달래고 달래어도 할매는 끝내 막무가네셨지

 나는 지금도 문득문득 그 노래 그 넋두리 귀로 듣지만 그 의미를 속속들이 안다고 할 순 없네 종심從心의 나이로도 그 깊고 막막한 설움의 바다를 그저 어렴풋한 짐작으로나 헤아려볼 따름이라네

시간의 호수

 내 어린 날 시간은 왜 그렇게 크고 넓고 넉넉했던가 몰라
 지금에야 시간은 토막토막 쪼개려 할수록 또 그것에서 자유롭고자 할
수록 오히려 찰거머리 같은 포승줄이 되어 우리들을 죄어 오곤 하지만
그때 시간은 마치 넓디넓은 호수에 그득히 출렁이는 물과도 같아서 그
위에 작은 조각배 한 척 띄워두면 무슨 일을 하든 더없이 여유로웠지
 그때는 글쎄 흰 물살 가로질러 웬만큼 노저어선 맞은편 언덕이 보인
적이 없었다니까!

늘 새로운 길

 길이 아니면 가지 말라는 말이 있지만 어린 시절 나는 늘 길이 아닌 곳을 지나다녔습니다
 이미 나 있는 길 모두들 가고 오는 그 길이 나는 싫어 등하교시면 항상 혼자만의 새 길을 걸었지요 풀꽃이 좋고 곤충이 좋고 새와 물고기가 또 좋아 들판과 시내와 산을 누비느라 정말로 마구 신바람이 났었지요
 오래 전에 나는 시를 쓰는 시인이 되었습니다만 내가 날마다 쓰는 시 역시 늘 새로운 것을 찾아 지칠 줄 몰랐던 어린 날의 그 마음에 다름 아닙니다.

풀꽃들의 비밀

이름 모를 새들이 아침저녁 숲속을 날아다니며 여기저기 흩뿌리는 곱고 영롱한 구슬꿰미들! 그것들이 어찌 그냥 속절없이 스러져 버리거나 혹은 바람결에 실려 어디론가 영영 흘러가 버리기야 하리

 나는 내 정든 고향 산자락에서 그것들 하나도 헛되지 않고 낱낱이 풀꽃들로 되살아나 봄부터 가을까지 마치도 앙증맞은 수화手話처럼 떠오르는 것을 예삿일로 지켜보며 자랐느니

할머니

 객지에서 공부하다 반공일이 되면 찾아가곤 했던 먼 산골 고향집
 초저녁잠이 유달리 많으신 할머니는 손자를 기다리다 지쳐 5촉짜리
전등을 켜놓은 채 주무시고 계셨네
 그때야 못내 초라하고 서러웠지만 지금도 할머니 거기 그렇게 계실
량이면 만 번이라도 덜컹대는 고향버스 타리 침침한 불빛 아래 그리운
그분 뵈리

고모

 난 지 석 달 만에 영이별해 모색貌色도 모르는 아버지의 누이동생인
고모는 단 하나 남은 친정 피붙이인 나를 만날 때마다 눈물부터 글썽
이신다 기쁜 일은 기뻐서 눈물, 슬픈 일은 또 슬퍼서 눈물, 금세 눈물의
화신이 되곤 하신다

짧은 시의 매력과 광휘, 그 원초적 토양
- 조동화, 『쥐똥나무 열매만한 시들』

손진은(시인, 문학평론가)

1. 들어가며 – 단시短詩의 이유

시는 얼마나 응축되어야 하는가. 꼭 그렇게 할 필요
가 있는가. 여러 가지 의문이 제기되기도 한다. 그러
니 시가 길어야 할 때가 있고 짧아야 할 때도 엄연히
있다는 게 필자의 생각이다. 어떤 시인들은 짧은 시를
긴 시를 쓰는 가운데 쉬어가는 기분으로 쓰기도 한다.
그러나 강렬한 인상과 다채로운 감각을 위하여 어떤
시인들은 짧은 시를 쓴다. 예컨대 장콕도의 「귀」("나
의 귀는 소라껍질/바다 물결소리를 그리워한다."), 윌
리엄 워즈워드의 「아홉개의 눈 쌓인 산에」("아홉개
의 눈 쌓인 산에/움직이는 거라곤/까마귀의 검은 눈
동자"), 백석의 「비」("아카시아들이 언제 흰 두레방석
을 깔었나/어데서 물쿤 개비린내가 온다.") 같은 시들
은 얼마나 깊은 감각과 높은 정신의 위의를 가졌는가.
시인은 압축과 생략을 통해 정신의 가장 내밀한 것을
표현할 수 있다.

조동화는 이번에 내게 된 시집 이름을『쥐똥나무 열

매만한 시들』이라고 달았다. 쥐똥나무 열매만큼 작다는 겸양의 표현일 것이다. 그 겸양 속에 까맣게 익은 그 열매처럼 옹골차다는 암시도 들어가 있지 않을까? 이를 증명하기라도 하듯 이번 시집에는 신선한 발상과 강렬한 주제의식, 여백의 깊이라는 단시들이 가진 매력을 넘어서는 시들이 참 많다. 참고로 말하자면 조동화의 이번 시집의 시들은 감각을 다룬 단시들과 자신의 출생과 성장과정을 다룬 일련의 산문시들로 크게 나눌 수 있다. 따라서 이 글은 조동화의 단시들이 뿜어내는 광휘를 독자와 공감하는 과정을 통해 두 가지 시의 층위에서 바라보고, 곁들여 그의 시의 원초적 토양이라 할 수 있는 말미의 산문시들도 얼마간 살펴보고자 한다.

2. 감각의 다채로운 양상과 방향

먼저 감각을 다룬 시들을 살펴보기로 한다.

>   나무들이 막
>   차 스푼만한 잎들을 내밀어
>   햇살을 떠먹기 시작하는 어제오늘
>   산중턱 너럭바위에 앉으면
>   내게도 햇살은 마치
>   그 옛날 할머니 끓여주시던 숭늉 맛이다
>   -「봄 햇살」전문

>   뉘라 할 것 없이 시인들일세
>   연푸른 하늘 바닥에

섭세의 극치를 다해 꽃이면 꽃, 잎이면 잎
그 하나 실수 없이 읊조려내는
저 기찬 시구詩句들 좀 보시게
　　-「봄 나무들」전문

　앞의 시를 살펴보자. 봄날에 따사로운 햇살이 사물
(나무, 바위)에 비치는 것만으로는 시가 성립되지 않
는다. 사물 쪽으로 반응하는 한 순간의 몸짓이 필요
한 것이다. 사물이 움직이는 것을 우리는 의인화라 부
른다. 잘 알다시피 서정시는 의인론적 세계관으로 구
성되어 있다. 그런 점에서 이 작품은 서정시의 가장
보편적인 존재양식을 보여준다. 나무들이 차 스푼만
한 잎들을 내밀어 햇살을 떠먹는다. 이 역동성을 시인
은 보고 있다. 배불리 먹고 나뭇잎은 몸피를 키워나갈
것이다. 이 감각이 나뭇잎이라는 자잘한 존재들의 생
활양식으로 드러난다. 촉각이 미각이 되는 경험을 시
인도 너럭바위에 앉아서 한다. 햇살에서 옛날 할머니
가 끓여주시던 숭늉 맛을 느끼는 것이다. 그 할머니는
이 시집 5부 「출생기出生記」에 나오는, "백날도 못 되
어 애비 죽고 어미마저도 개가를 해버린 뒤 속절없이
남겨진 천애의 천덕꾸러기"인 '나'를 품어준 분이다.
시인은 이런 감각 속에서 '나뭇잎'이나 '나'에게 차별
성을 두지 않는다.
　뒤의 시에서도 우리는 사물(꽃, 잎)의 역동성을 본
다. 언덕을 "연푸른 하늘 바닥"으로 보는 것에서 우
리는 시인이 하늘과 땅의 구분을 무화하고 있다는 것
을 알 수 있다. 살아있는 자잘한 꽃과 잎들이 그들만
의 몸짓으로 그들의 말을 읊조린다. "기찬 시구詩句"
다. 그것은 교훈적인 언어로 쓰는 인위의 시보다 훨씬

섬세하고 발랄하고 또 오묘하고 그윽하다. 시인은 봄 햇살을 받는 자잘한 식물들에서 하늘을 향해서 뿜어 내는 그런 소리를 듣는 것이다.

> 진초록 부레 옥잠 잎에
> 작은 청개구리 한 마리
> 우련한 무늬처럼
> 기척이 없다
> —「무늬」전문

　이 시는 대상의 새로운 존재양식을 찾아낸다. 이는 하이쿠의 세계, 예컨대 범종에 내려앉은 부손蕪村의 나비에 비견될 만하다. 부레옥잠과 청개구리가 하나로 합쳐질 때에 비로소 이 두 대상은 하나의 울림으로 존재한다. 그 울림은 유일한 순간의 그것이면서도 영원한 시간의 것이기도 하다. 생명체와 배경이 비로소 하나로 되면서 개체와 그를 둘러싼 대자연간의 일체감, 주객일체의 단초가 들어있기 때문이다. 이 시에서 대상의 존재 지평은 더욱 넓어져 있는 것이다.

> 늘 태초의 시간으로 돌아가
> 왔던 길 되짚어 떨어지는
> 폭포
> —「모래시계」전문

　모래가 폭포로 바뀜으로써 읽는 사람에게 놀라운 심상적 체험을 불러일으킨다. 청각적 기능이 느닷없이 최고조에 이르게 된다. 그것보다 더 중요한 것은 '모래'의 소멸 이미지가 태초의 시간과 맞물리게 하는 것이 폭포라는 것이다. 모래는 쌓이는 것이고 폭포는 흐르는 물이다. 흐르는 물이 시간의 흐름과 결부되는 것은 너무 자연스럽다. 모래 소리가 가늘어서 귀에 들릴 듯 말 듯한 소리라면 폭포 소리는 강기슭이나 계곡을 흔들어놓는 소리로 영원히 지속된다. 그 영원의 시간을 묘사하기에 폭포가 적격인 것이다. 감각은 그 경계를 무화시키면서 가장 미적인 것이 된다. 그 경계 무화를 동양시학에서는 '흐리게 하는 미'라고 일컫는다. 이 시집에서 그것이 가장 돋보이는 작품은 아마 「봄밤」일 것이다.

> 하늘에서는
> 낭랑한 별들의 담소談笑에 귀먹고
> 땅에서는
> 폭죽 같은 개구리울음의 모닥불에 눈멀다
> ―「봄밤」전문

　통상적인 감각에서는 별은 보고 개구리 소리는 듣는 것이지만 시인은 우리의 인식을 역전시킨다. 하늘의 별은 듣고 개구리 울음은 보고 쬔다. 소리로 된 빛, 빛과 열이 된 소리를 우리는 본다. 놀라운 일이다. 이 둘을 융화시키는 것이 봄밤의 시공간이다. 낮의 시공간에서 보고 듣는 집과 사람, 세상의 자잘한 소리에 가려 익지 못했을 감각이 극점을 향해 파동치는 시간이 밤이다. 봄밤은 무르익는다. 그 역동적인 고요 속에서 온 천지에 파문을 내는 무수한 별들과 개구리 울음(개구리는 울 때 가장 생명의 의지에 넘친다.)을 시인의 몸은 감각한다. 별들이 웃고 떠드는 소리에 귀먹고, 폭죽같이 터지는 개구리 울음의 모닥불에 눈 먼

다. 그 감각의 교향交響을 통해 시인은 봄밤을 포착하고 있는 것이다. 일상적 언어와 감각이 놓쳐 버린 그 밤을. 귀먹고 눈 먼 그 극점은 감각의 파동점에 몸이 노출되어 있다는 반증이다. 봄밤은 물리적인 시계시간이 아니라, 경계의 칸막이가 걷혀지는 암향부동暗香浮動의 시간이다. 그 때 세상은 새로운 파동점으로 우리를 들었다 놓는다. 봄밤의 시공간에서 시각과 청각, 그리고 촉각은 반대어가 아니다. 언제나 서로의 경계를 열어놓는다.

> 누가 걸어둔 채 잊고 갔는가
> 나뭇가지에 걸려
> 바람에 나풀거리는
> 잿빛 목도리 하나
>   -「청설모」전문

> 해마다 유월이 오면
> 한지로 만든 초롱을 이고 지고
> 우리 집을 찾아오는
> 방물장수가 있다
>   -「모과풍령초」전문

　세 줄은 너무 부족하고 다섯 줄이면 너무 많다는 것일까? 두 편 다 네 줄로 사물을 잡아낸 일종의 회화시다. 앞의 시가 생명체의 사물화라면 뒤의 시는 생명체의 인간화라 칭할 수 있다.
　잿빛 청설모가 나뭇가지에 걸려 나풀거린다. 그것은 영락없는 잿빛 목도리다. 생명과 물질이 나뭇가지 사이에서 행복하게 공존한다. 분명히 생명과 물질은 대

립적이다. 그러나 이 시에서는 그 대립을 통하여 서로가 생명력을 얻고 더욱 참신한 세계로 만들어가는 것이다. 시인은 과감하게 청설모를 목도리로 만들어버리는가 하면 목도리를 당당하게 생명의 자리로 끌어올리는 것이다. 이것은 대상의 확정적인 구분의 틀을 깨는 것이다. 이런 넘나들기는 대상 간 차이 '흐려놓기'의 미학에서 발원한다.

해마다 유월에 개화하는 모과풍령초를 서술한 이 두 번째 시에서 우리가 눈여겨 볼 부분은 시간의 공간화 전략이다. 모과풍령초는 해마다 유월에 우리 집 꽃밭에서 핀다. 그것을 "우리 집을 찾아오는"떠돌이 방물장수의 삶으로 잡아내는 것이다. 방물장수는 "한지로 만든 초롱"이라는 생활소품을 파는, 서민들과 애환을 함께 하는 존재다. 그 방물장수가 머언 장터를 찾아가듯 우리 집을 찾아오는 것이다. 마당에 피는 꽃 하나에서 방랑의 삶을 읽어내는 이런 민중적 공간성을 만들어내는 이 지점에서 조동화 시의 또 하나의 매력을 볼 수 있다. 현실생활과 맞부딪침으로써 미의 효과가 달라지는 것이다. 그런 점에서 모과풍령초와 그 곁에서 살아가는 시인의 삶과의 관계를 엿볼 수 있다. 무과풍령초는 얼마나 작고 내향적인 꽃인가. 그러나 그 속에는 그것이 연상되는 시인의 경험으로 확산되어 가는 것이다. 이 시인이 짧은 시에서 드러내려고 했던 것이 얼마나 다양한 촉수를 가지고 있는지가 드러나는 지점이다. 위의 시는 조동화의 시의 미학과 현실의 관계를 열어놓는 접점에 놓여 있다고 할 수 있다. 기실 사물과 욕망의 문제는 일견 회화시로 보이는 다음 시에서 단초를 보인다.

바닷가 음식점에서
입이 큰 고기 아귀수육을 먹다가
힐끗 쳐다보는데
세상에서 제일 큰 입 하나가 창에 걸렸다
한일자로 꽉 다문
저 커다란 윗입술 아랫입술
　　－「수평선」전문

　　이 시에서 우리는 두 가지 입의 선명한 그림을 본
다. 그것은 아귀수육과 수평선의 입의 실감에서 온다.
이 깨달음이 이 시를 아연 살아 있게 한다. 시인은 음
식점에서 수육을 먹다가 두 입을 본다. 다만 보기만
한 것일까? 표면적으로 이 시는 큰 입을 가진 아귀수
육과 수평선의 대조가 눈에 띈다. 몸이 온통 입인 아
귀가 큰 입이라고 생각했는데, "세상에서 제일 큰 입
하나가 창에 걸"린 것이다. 그러나 여기서 시가 끝나
는 것이 아니다. 아귀 입과 수평선의 윗입술 아랫입술
은 여러모로 대조가 된다. 무엇이든 꾸역꾸역 다 삼키
려 하는 아귀는 고기이면서도 끝 간 데 모르는 욕망
을 가진 인간이다. 이는 아귀가 "염치없이 먹을 것을
탐하는 사람"이라는 사전적 정의를 살펴보아도 알 수
있다. 그러면 수평선은 어떤 입인가? 그것은 모든 시
공을 삼킬 수 있는 입이면서도 중심을 비운 입, "윗입
술과 아랫입술"을 "한일자로 꽉 다문" 입이다. 말하
자면 수평선의 입은 다 비워낸 공空의 입이요, 인간의
입은 채우기만 하는 아귀의 입이다. 시인은 수평선에
서 인간 욕망의 덧없음과 효용적인 일체의 의미를 비
워버린 무용성無用性의 자연을 대비시키고 있는 것이
다.

사람은 너나없이 발가벗고 왔어도
모두 옷 입고 한생을 건너가는데
너는 발가벗은 채로 세상에 와
맨몸으로 포복하고 또 포복하는구나
여린 살이 아프지도 않느냐
백주대낮이 부끄럽지도 않느냐
    -「민달팽이」전문

한잠 자고난 누에들이
소낙비 오는 소리로 뽕잎 갉아먹는 일 보아라
따로 긴 말이 필요 없다
사는 일이 먹는 일이다
먹는 일이 사는 일이다
    -「사는 일」전문

  앞의 시에서 우리는 민달팽이를 보는 시인의 시각을
읽을 수 있다. 민달팽이는 태생적으로 그렇게 태어났
다. 그래서 맨몸으로 포복하는 것이 가장 정상상태이
다. 그러나 시인은 헤아릴 수 없는 심연의 눈으로 그
것을 회의한다. 그 결과 민달팽이는 덧없는 운명의 모
습으로 육화된다. 땅바닥 하나가 민달팽이의 "발가벗
은", "여린 살"이 건너야 하는 여로다. 시인은 짐짓 "아
프지 않느냐", "부끄럽지도 않느냐"고 했지만, 실은
민달팽이는 세상의 이런 시선을 무시하고 제 갈 길을
가고 있다는 메시지를 은연중에 깔고 있다. 다른 관점
에서 보면 공허한 삶을 잡은 것일 수도 있다. 인생이
란 살이 드러나면서도 아픈 삶을 의미도 규정하지 못
한 채 살아가고 있다는 것이다. 이 공허는 시인의 신

앙과도 연관되는 터이다.

"소낙비 오는 소리로 뽕잎 갉아먹는" 누에는 보통 고요를 강조하기 위하여 쓰이는 이미지다. 우리는 또한 이 장면을 회화적으로 읽어낼 수도 있으리라. 그러나 시인은 그것을 "사는 일이 먹는 일"이며, "먹는 일이 사는 일"이라는 큰 진리로 요약해 버린다. "따로 긴 말이 필요 없다". 5행에 엄청난 진리를 담아야 하기 때문이다. 그것은 이 세상의 시간이 지속되는 한, 생명의 개체가 계속되는 한 불변의 진리다. 이 때 시인이 응축한 것은 감각이 아니라 구체적인 삶이다. 누에의 뽕잎 갉아먹기는 이미지라기보다는 생리적 현상이라는 것이다. 모든 생명의 근원과 살아가는 삶의 양식을 다 파악해야 이 짧은 진술이 터져 나온다. 먹는 것은 인간생활의 일부가 아니라 전체며 그 역이기도 하다. 조동화의 단시는 감각뿐만이 아니라 생의 예지와 진리를 담아내는 데도 이렇게 훌륭히 기여하는 것이다.

우리는 지금까지 시인 스스로가 "쥐똥나무 열매만한 시들"이라고 이름 붙인 단시의 세계가 얼마나 많은 방향으로 촉수를 내리고 있는지를 살펴본 셈이다. 조동화는 세계를 모두 응축할 수 있다고 믿는 이 짧은 시들에서 교훈성이나 실용성을 주장하지 않는다. 그는 그 세계 넘어서 있는 감각의 총체성을 잡아낸다. 그의 시에서 동물이 사물로, 혹은 그 역으로 작용하는 장면은 흔하게 발견된다. 교훈성이나 실용성의 세계는 감각을 약탈하고 개념만을 남긴다. 조동화는 그 폐허를 직시한다. 그는 기존의 감각의 세계를 넘어서는 시들을 이 단시들에서 보여준다. 이 짧은 시들에서 그는 분열된 감각을 통합하고 개념에다 감성의 신경을 되살릴 뿐만 아니라 개별의 사물이 우주와 어울려서 뿜어내는 감각의 교향交響을 노래한다. 물론 감각만이 아니다. 다음 단계로 그는 감각과 삶을 결합한다. 작은 꽃 하나와 떠돌이의 삶을 연결하는 능력이 짧은 시 안에서 가능하게 했다. 그의 감각은 인간의 끝 간 데 없는 욕망을 들춰내는 데도 기여한다. 아귀의 입과 수평선이라는 입을 통해서다. 거기에서 그치지 않는다. 지극히 사소한 미물의 움직임에서 우리네 생의 직관과 예지를 짚어내기에 이른다.

"사는 일이 먹는 일"이며, "먹는 일이 사는 일"이라는 큰 진리의 발견이 그것이다.

그의 시에서 신선한 발상은 발상 자체로 끝나지 않는다. 큰 여백의 깊이를 거느리면서 다른 부분으로 촉수를 뻗는다. 그것은 감각과 삶, 인생에 대한 통찰로 뿌리 뻗어간다. 기존의 단시들이 가진 매력을 넘어서는 지점이다. 조동화의 단시들이 뿜어내는 광휘는 우리 시단을 틈을 비춰주기에 부족함이 없다.

3. 결핍의 길, 시인의 길

이번 시집에 눈여겨 볼 또 하나의 부분은 그의 개인사가 담긴 시들이다. 「출생기」를 필두로 한 이들 시편들에서 조동화는 자신의 출생과 성장과정을 진솔하게 노출한다. 그것은 이미 그의 시집 『나 하나 꽃 피어』에서 단초를 보인 바 있다.

할매와 나는 둘이서

뙤약볕 쏟아지는 여름 한철을
온통 밭에서 살았다.
바랭이, 쇠비름, 방동사니 들을 뽑으며
긴 긴 실구리처럼 풀리는
할매의 서러운 내력을 따라가다 보면
칠월은 금방 하순으로 접어들어
어느새 내 무릎만큼의 높이로
황토밭 가득 일던 하얀 참깨꽃.
때맞춰 온갖 벌들도 날아들어
산밭은 온종일 잔칫집만 같았지.
바람에 쓰러지지 말라고
뿌리께에 수북이 북을 돋우시며
참깨꽃이 참 사랑스럽다던 할매,
그때는 미처 몰랐다.
할매의 작은 행복도
고달프기만 하던 농사일도
돌아보면 이렇게 모두 그리움일 줄을.
　　-「참깨꽃」부분

　　대부분의 사람들에게 유년은 즐거운 추억이 되고,
현재 삶의 활력소가 된다. 그러나 축복받아야 할 유년
이 그 정반대일 경우에는 자신의 근본으로 돌아간다
는 것은 결단을 요구한다. 미당도 「자화상」에서 "아
비는 종이었다."고 고백한 바 있듯, 조동화는 자신의
불우했던 가족사를 진솔하게 고백한다. 이 시에서 화
자는 할머니와 둘이서 여름 한 철을 뙤약볕이 쏟아지
는 산밭에서 보낸 힘들었던 경험을 묘사한다. 그것은
어린 화자에게 견디기 어려운 고통이었을 것이다. 그
러나 그 고통은 칠월 하순에 이르러 날아든 벌들과

화음을 이룬 참깨꽃의 잔칫집 이미지로 화한다. 선명하고 감각적인 이미지를 통해 가난하고 고단한 삶이 낳은 소박하고도 '자잘한 기쁨'을 표현하고 있다. 더욱이 화자는 이제 그 일들을 돌아볼 연치에 이르러, 그 힘들고 고달픈 일들을 '그리움'으로 여기고 있다. 회한이 될 일을 시인은 추억으로 승화시키고 있는 것이다.

이번 시집에서 시인은 이 시의 근간이 되는 몇 편의 시를 발표하고 있어 눈길을 끈다.

> 북해도로 징용 갔던 3대독자 아들이 폐결핵에 걸려 돌아왔다 몹쓸 병이 나을 때까지 아들부부를 따로 재우는 수밖에 없다고 의논들을 모았다 그날부터 아들은 할아버지 방에서, 며느리는 시부모 방에서 잠을 잤다 그런데 어른들이 모두 집을 비운 하루가 있었다 그동안 서로가 몹시도 끌렸던 젊은 부부는 환한 대낮에 몰래 죄 짓듯이 한 몸이 되었고, 공교롭게도 그 일로 4대독자 사내아이가 태어났다 백날도 못 되어 애비 죽고 어미마저도 개가改嫁가 속절없이 할머니 품에 남겨졌던 그 천덕꾸러기!
>
> ―「출생기出生記」 전문

'저주 받은 시인' 보들레르는 여섯 살 때 부친이 세상을 뜨지만, 시인은 백날도 못 되어 "애비가 죽"는다. 어미마저 개가를 해버리고 할머니의 품에 남겨지는 운명을 타고난다. 더욱이 시인의 탄생은 요행이라고 밖에 볼 수 없다. 아버지 돌아가시기 전 젊은 부부의 참을 수 없는 욕망으로 간신히 태어난 존재이니까 말이다. 시인 부친의 죽음은 징용이라는 식민지 역사가 만들어놓은 부산물이고 어머니의 개가도 그 그늘에서 멀리 있지 않다. 말하자면 시인은 역사의 개입으로 인해 이 땅에 버려지듯 태어난 것이다. 이 천덕꾸러기 시인의 탄생은 그러나 4대독자의 생명을 이으려는 할머니의 헌신으로 천애고아의 구렁에서는 건져진다. 우리는 이 시를 그의 시의 노정기의 출발로 읽어도 되겠다. 그 사이에 「엄마의 속곳 끈」이라는 시가 위치하는 걸 보면 시인은 어머니의 몸과의 합일관계라는 '상상계'(쾌락원칙)를 온전히 거치지 못한 채 가혹한 '상징계'(현실원칙)에 진입하였음이 분명하다.

> 남들은 어른이 되어서야 겨우 이르는 경지를 나는 열 살 남짓에 벌써 다 깨쳐 버렸다네
> 엄마 떠나고 난 뒤 할매하고 둘이서 걸어야 했던 멀고 서러운 길 난 유독 눈물이 많아 놀다 울고 밥 먹다 울고 더러는 한밤중에 자다가도 깨어나 울었지만 내 눈물 한 번도 바닥나진 않았었지 그러나 언제부터던가 어린 마음에도 불쌍한 할매 가슴에 더 이상 못을 박아선 안 된다고 다시는 그분 앞에 울지 않겠노라고 혼자서 모질게 다짐을 했었지
> 오호라, 그때 이후로 난 북받치는 설움들을 그냥 꾹꾹 가슴으로 삼켜 남몰래 지그시 삭이는 법에 아주 도가 트고 말았다네
> —「가슴으로 우는 법」부분

"어른이 되어서야 겨우 이르는 경지를 열 살 남짓에 다 깨"쳤다는 말에서 우리는 가혹한 현실에 던져진 한 개인을 본다. 시인은 어머니의 상실로 인해 '눈물의 왕'으로 자라난다. 어머니의 몸과의 분리에서 오는

것이기에 그 눈물은 "한 번도 바닥나지 않"는다. 그러
나 그 시절은 길게 가지 않는다. 그는 현실원칙 속으
로 진입한다. "불쌍한 할매 가슴에 더 이상 못을 박아
선 안 된다"는 것을 깨닫게 된 것이다. 그 때 시인이
취할 수 있는 자세는 자신의 내면 속으로 들어가 "북
받치는 설움들을 그냥 꾹꾹 가슴으로 삼켜 남몰래 지
그시 삭이는 법"을 익히는 것이다. 시인을 둘러싸고
있는 우주는 황량하고 할머니마저 어머니의 몸과 대
체자가 될 수 없음을 인식한 시인은 자신의 내면으로
자신의 감정을 다져넣는다. 슬픔을 내면화하면서 소
년은 '눈물의 왕'을 벗어나 자신의 정체성을 형성해나
간다. 기실 소년이 울었던 그 울음은 할머니의 그것에
비할 수 없을 정도다.

> 이따금씩 생의 외진 굽이를 돌아들 때면 할매는 울
> 음섞인 노래 홀로 흥얼거리셨네
> 석탄 백탄 타는 데는 연기나 나지마는 이 내 가슴
> 타는데는 연기도 안 난다는 사발가에 사이사이 "내
> 속을 누가 알아? 내 속을 누가 알아?" 밤을 온통 적시
> 던 그 넋두리… 이웃 사람들까지 몰려와 달래고 달래
> 어도 할매는 끝내 막무가내셨지
> 나는 지금도 문득문득 그 노래 그 넋두리 귀로 듣지
> 만 그 의미를 속속들이 안다고 할 순 없네 종심從心의
> 나이로도 그 깊고 막막한 설움의 바다를 그저 어렴풋
> 한 짐작으로나 헤아려볼 따름이라네
> 　　－「설움의 바다」전문

화자의 울음이 어머니의 상실로 인한 슬픔의 결과였
다면 "생의 외진 굽이"에서 발원하는 할머니의 울음

은 자식을 앞세우고 며느리마저 나가버린, 이제는 4대 독자 손주의 현재와 불확실한 앞날까지를 다 안아야 하는, 그 이상의 의미도 내재되어 있는 훨씬 덩치가 큰 설움, 즉 한이라 할 수 있다. 그 한을 할머니는 "석탄 백탄 타는 데는 연기나 나지마는 이 내 가슴 타는 데는 연기도 안 난다는 사발가"에 실어 퍼내고 있는 것이다. 또한 그 설움과 한은 물(눈물)과 불(가슴이 탄다, 연기)을 분리할 수 없을 정도로 할머니의 몸을 몰아간다. "이웃 사람들까지 몰려와 달래고 달래어도" 끌 수 없는 성질의 것인데, 화자도 "종심從心의 나이로도 그 깊고 막막한 설움의 바다를 그저 어렴풋한 짐작으로나 헤아려볼 따름이"라 할 정도다. 우리는 여기서 '설움의 바다'라는 말에 그 속성이 내재되어 있음을 확인할 수 있다. 할머니의 한은 깊고도 넓은, 또한 언제나 햇빛에 타면서 출렁거리는 바다라는 대자연의 차원으로까지 확장되는 것이다. 고모의 울음은 할머니의 그것에 미치지는 못하지만 그 울음은 평생을 따라다닌다.

> 난 지 석 달 만에 영이별해 모색도 모르는 아버지의
> 누이동생인 고모는 단 하나 남은 친정 피붙이인 나를
> 만날때마다 눈물부터 글썽이신다 기쁜 일은 기뻐서
> 눈물, 슬픈 일은 또 슬퍼서 눈물, 금세 눈물의 화신이
> 되곤 하신다
> ─「고모」전문

고모의 눈물은 "단 하나 남은 친정 피붙이인 나"에 대한 연민에서 기인한 것이다. 고모의 인생 역정과 삶에서 친정 후손은 그만큼 애잔한 것이다. 그 울음은

나의 울음의 그것에 비해 결코 부피가 적다고 할 수는 없다. 왜냐하면 자신의 감정이 한 면에 치우치지 않는 본원성("기쁜 일은 기뻐서 눈물, 슬픈 일은 또 슬퍼서 눈물")을 가지고 있고, 전생애에 걸쳐("나를 만날 때마다") 걷잡을 수 없이 터져 나오기 때문이다.

　세상에 외톨이로서 자신의 내면을 삭이던 소년은 그 일로 인해 자연의 세계로 접어든다. 그 단초가 되는 시가 아래 시다.

　　길이 아니면 가지 말라는 말이 있지만 어린 시절 나는 늘 길이 아닌 곳을 지나다녔습니다
　　이미 나 있는 길 모두들 가고 오는 그 길이 나는 싫어 등하교시면 항상 혼자만의 새 길을 걸었지요 풀꽃이 좋고 곤충이 좋고 새와 물고기가 또 좋아 들판과 시내와 산을 누비느라 정말로 마구 신바람이 났었지요
　　오래 전에 나는 시를 쓰는 시인이 되었습니다만 내가 날마다 쓰는 시 역시 늘 새로운 것을 찾아 지칠 줄 몰랐던 어린 날의 그 마음에 다름 아닙니다.
　　　-「늘 새로운 길」전문

　　이름 모를 새들이 아침저녁 숲속을 날아다니며 여기저기 흩뿌리는 곱고 영롱한 구슬꿰미들! 그것들이 어찌 그냥 속절없이 스러져 버리거나 혹은 바람결에 실려 어디론가 영영 흘러가 버리기야 하리
　　나는 내 정든 고향 산자락에서 그것들 하나도 헛되지 않고 낱낱이 풀꽃들로 되살아나 봄부터 가을까지 마치도 앙증맞은 수화手話처럼 떠오르는 것을 예삿일로 지켜보며 자랐느니

시인의 결핍을 무화시켜주는 매개로 등장하게 된 것이 자연이라는 것을 우리는 알 수 있다. 외톨이로 자란 그에게 사는 것이 팍팍할 때마다 그는 "길이 아닌 곳" 즉 "항상 혼자만의 새 길"을 걷는다. 그 길은 "풀꽃이 좋고 곤충이 좋고 새와 물고기"와 만나는 길이다. 어머니와의 분리라는 결핍이 "들판과 시내와 산을 누비느라 정말로 마구 신바람"이 나는 욕망(desire)으로 채워지기 시작한다. 이 자연 친화의 장면에 그런 궁색과 결핍의 구석이 끼어들 여지가 없다. 자연 친화의 흐뭇함을 제 존재에게 얹어줌으로 삶의 윤기는 물론, 시인에의 길로 향하게 했다. 뭇사람에게는 한낱 풀꽃, 곤충, 새와 물고기에 지나지 않았을 그 자연의 세목들이 그에게 의미를 가지는 것은 그것이 영감의 통로가 되었기 때문이다. 나아가 그 자연의 세목들은 새로운 것을 찾아나서는 시인의 시작 자세와도 연결된다("내가 날마다 쓰는 시 역시 늘 새로운 것을 찾아 지칠 줄 몰랐던 어린 날의 그 마음에 다름 아닙니다."). 결핍의 길이 이끈 시인의 길이라는 말로 요약할 수 있는 조동화 시학의 비밀이 여기에 드러난다. 자연 친화의 시편들은 치유의 기능뿐만 아니라 생명의 부드러운 힘을 발견하고 포용하는 일까지 떠맡는다.「풀꽃들의 비밀」에서도 "그것들이 어찌 그냥 속절없이 스러져 버리거나 혹은 바람결에 실려 어디론가 영영 흘러가 버리기야 하리"에서 드러나듯 자신의 삶에 영속적인 가치로 자리매김하는 것을 우리는 볼 수 있다. 이런 자연은 예술의 본질적인 문제로 그의 피 속에 영원히 간직되는 체험을 낳았던 것이다.

4. 나오며 - 마주보는 단시와 산문시의 두 세계

이제 글을 맺을 때가 된 것 같다. 조동화의 시는 '종심從心'의 연치에 이르러 두 가지 시작의 결실을 맺었다. 하나는 사물이나 풍경, 우주가 자신의 가슴 속에 들어와 가라앉을 것은 가라앉고 내밀한 언어로 숙성된 질료로 생성된 감각의 시요, 다른 하나는 자신의 근원으로 들어가 낯선 우주 속에서 홀로 버려진 자신의 유년을 솔직히 표출함으로써, 그 결핍이 결국 자연 속에 둘러싸인 존재로 호흡하는 계기로 연결됨으로써 시인의 길에 이르는 과정을 다룬 시들이다. 그 둘은 전자는 '단시', 후자는 '산문시'라는 형식적인 특질을 가지고 있다는 점에서 이질적이면서 서로 마주 보며 조동화의 시를 영글어가게 한 자질이 되었다는 점에서 공통분모를 가진다. 조동화는 이번 시집에서 일찍이 우리 시에서 보기 힘든 감각의 향연으로 우리를 이끈다. 또 자신의 뿌리로 들어가는 모험을 감행하면서 시인으로서의 원천이 되는 체험을 우리에게 내놓았다. 이 두 가지 점만으로도 조동화의 이번 시집은 우리 시사에서 돌올하다고 할 수 있다.

또 한 번의 사족蛇足

조동화

나는 2007년 Bibie Believer(성경대로 믿는 사람)가 된 이래 50편 정도의 신앙시들을 썼다. 그 가운데 35편 정도를 『영원을 꿈꾸다』와 『고삐에 관한 명상』 등에 이미 수록한 바 있다.

그런데 이 신앙시라는 것들이 상당히 독특해서 얼마간의 설명을 덧붙이지 않으면 독자와의 소통이 불가능한 경우가 대부분이다. 그래서 『영원을 꿈꾸다』에서는 궁여지책으로 해설 뒤에 「사족」이라 하여 별도의 자작시 해설을 덧붙였었다. 또 『고삐에 관한 명상』에서는 신앙시에 대한 길잡이로 해설 대신 비교적 상세한 주註를 붙여 놓기까지 했다.

올봄에 한국출판문화산업진흥원 중소출판사 출판콘텐츠 지원 사업이 공고되어 별 기대를 가지지 않고 응모했는데 뜻밖에 선정이 되어 『고삐에 관한 명상』에 이어 연내에 또 한 권의 시집을 더 출간하게 되었다. 그런데 그 가운데 얼마간의 이질적인 신앙시가 포함돼 있어 출간일 전에 다행스레 시들이 더 얻어지면 교체할 생각을 했었다. 그러나 시가 어찌 정해진 기간 안에 마음대로 얻어지던가. 어영부영하는 사이 출간일이 바싹 다가와 불가불 몇 편은 애초에 응모했던 그대로 수록할 수밖에 딴 도리가 없게 되었다. 그리고 그때 문득 내 시를 읽는 사람들 가운데 단 한 사람에게라도 진리에 눈을 열어주시려는 크신 분의 계획이 있는 줄도 모른다는 데 생각이 미쳐,『영원을 꿈꾸다』처럼 다시 한 번 이번 시집에 수록되는 몇 편의 신앙시에 한해 자작시 해설과 진배없는 사족을 덧붙이게 되었다.

1.「단 한 권의 책」

 세상에는 소위 경전이라 불리는 책들이 있다. 기독교의 성경을 비롯하여 불교의 불경, 유교의 사서삼경, 이슬람의 코란, 힌두교의 여러 경전 등이 그것이다. 이 가운데 하늘(우주)과 땅의 창조에 관하여 구체적으로 기술하고 있는 책은 성경뿐이다. 그렇다면 왜 다른 경전에는 하늘과 땅의 창조에 관해 하나같이 침묵하고 있을까? 그 이유는 간단하다. 우주의 주인이신 분이 그 자신 외에는 스스로를 거짓으로 창조주라고 밝히는 것을 허락하지 않으셨기 때문이다.
「태초에 하나님께서 하늘과 땅을 창조하셨느니라.」이 말씀은 모세오경 중 첫 번째 책인『창세기』1장 1절의 선언이다. 이렇게 자신 있게 진리를 기술하고 있다는 점은 그 자체가 바로 하나님께서 하늘과 땅을 창조하셨다는 움직일 수 없는 증거라고 본다. 예컨대 넓은 잔디밭이 있는 저택을 가진 사람이 있다고 가정해 보자. 어느 날 배낭을 등에 진 사람들 몇이 찾아와 "당신 집 마당의 잔디밭이 좋은데 우리가 하룻밤 텐

트를 치고 자고 가도록 허락해 주시오."라고 요청했다고 치자. 이 경우 선뜻 요청을 들어줄 집주인이 있겠는가? 창조주 하나님 역시 마찬가지다. 우주는 그분 자신이 필요에 따라 용의주도한 계획과 설계 하에 마련된 공간이다. 단언컨대 그 한 부분을 흔쾌히 내주면서 그대들 마음대로 저승이나 황천이나 극락을 차려도 좋다고 허락할 리는 없는 것이다.

「나는 주니 그것이 내 이름이라. 나는 내 영광을 다른 자에게, 내 찬양을 새긴 형상에게 주지 아니하리라.」(이사야 42:8) 보다시피 그분은 자신의 영광과 찬양을 다른 자나 우상에게 주지 않겠다고 선포하신다. 그뿐이 아니다. 「사람들이 해가 뜨는 곳과 서쪽에서부터 나 외에 다른 이가 없는 것을 알게 되리라. 나는 주요, 아무도 다른 이가 없느니라.」(사 45:6) 여기에서는 하늘과 땅을 창조한 자신 외에는 참 신이 없음을 자신만만하게 만천하에 천명하고 계신다.

> 사람이 죽은 후
> 그에게 무슨 일이 일어나는가를
> 가감 없이 밝혀놓은 단 한 권의 책이 있다
> 당신은 그 책을 읽었는가?
> —「단 한 권의 책」 전문

사람이 죽은 후에 일어날 일들을 정확히 기록한 단한 권의 책은 성경뿐이다. 이 시를 읽는 사람 가운데 아직도 성경을 읽어보지 못했다면, 그리고 만에 하나라도 성경을 모르고 마지막 날을 맞이한다면 그것은 돌이킬 수 없는 불행이다. 바로 그 속에 우리 인간의 영원한 생명과 죽음, 복과 저주가 기록되어 있기 때문이다.

2. 「지옥」

 지옥이라고 하면 흔히 사람들은 "그런 걸 다 믿습니까?"하고 되묻거나, "지금 지옥은 만원이랍니다. 까짓 것 혼자 가는 것도 아닌데 가면 어떻습니까?"하는 대답이 돌아오기도 한다. 지옥은 신구약을 합쳐 54회에 걸쳐 나오는 단어이다. 지옥에 관한 가장 구체적인 이야기는 누가복음 16장에 나온다. 지옥에서 부자는 불꽃 가운데서 신음하다가 건너편 낙원에서 희희낙락하고 있는 나사로를 보고 아버지 아브라함에게 요청한다. 「아버지 아브라함이여, 저를 불쌍히 여기셔서서 나사로를 보내시어 그가 자기 손가락 끝에 물을 적셔 내 혀를 식히게 하소서. 내가 이 불꽃 가운데서 고통을 받고 있나이다.」(누가복음 16:24) 이처럼 지옥은 손가락 끝에 찍은 한 방울 물이 아쉬울 만큼 뜨거운 곳이다. 성경은 진작부터 그런 곳에서 영원을 보내는 것보다 차라리 태어나지 않는 것이 더 좋다고 말씀하고 있다.
 우리가 사는 지구는 아무렇게나 생겨난 행성이 아니다. 전지전능하신 하나님에 의해 용의주도하게 설계되고 창조되었다. 「내가 땅의 기초들을 놓을 때 네가 어디 있었느냐? 네게 명철이 있다면 분명히 밝히라. 누가 그 치수를 재었는지 네가 아느냐? 누가 그 위에 측량줄을 띄웠느냐? 그 기초들은 무엇 위에다 고정시켰으며 모퉁잇돌은 누가 놓았느냐?」(욥기 38:4-6) 이 일련의 말씀이 그 사실을 잘 보여준다. 「이는 만물이 그에 의하여 창조되되 하늘에 있는 것들과 땅에 있는 것들과 보이는 것들과 보이지 않는 것들과 보좌들이나 주권들이나 정사들이나 권세들이나 만물이 그에 의하여 또 그를 위하여 창조되었기 때문이라.」(골로새서 1:18) 이로 미루어볼 때 지옥은 땅에 있는 것들 가운데서 보이지 않는 것들에 해당되는 장소임을 알게 된다.

지옥이 있는 장소는 예수님이 말씀한 대로「땅의 심장 속」(마태복음 12:40), 곧 지구의 중심부에 있다. 지구의 직경은 적도 부근이 12,000km인데 땅의 두께를 100km로 잡아도 지하세계의 넓이는 11,800km나 된다. 지옥의 온도는 화산 폭발 때 분출하는 용암보다 조금 더 높다고 상정해 볼 수 있다(지표로 분출했을 때는 이미 얼마간 식었을 것이므로). 구약시대 지하세계는 음부라고 불렸는데, 그곳은 낙원과 끝없이 깊은 구렁과 지옥으로 나뉘어져 있었다. 그러나 예수님께서 십자가의 질고를 지신 뒤 부활하셔서 지하 낙원에 있는 구약성도들을 셋째하늘로 데리고 가신 후로는(에베소서 4:8,9) 현재 지하에 있는 낙원은 비어 있다. 따라서 현재는 끝없이 깊은 구렁(무저갱)과 지옥만 성업盛業 중에 있다.

> 불의 고리에 또 화산이 폭발했다고
> 텔레비전은 시시각각 긴급 뉴스를 전하건만
> 만원 때마다 스스로를 확장하는 지옥을
> 세상에는 아는 사람 너무 적구나
> ─「지옥」 전문

사람들은 화신이 폭발했다는 뉴스를 접하면서도 지

옥과 연관 지을 줄 모른다. 그러나 화산은 지옥과 밀접한 관계에 있다. 세계에서 화산활동이 빈번한 곳은 불의 고리라 불리는 환태평양조산대로 뉴질랜드, 인도네시아, 필리핀, 일본, 캐나다, 멕시코, 에콰도르, 칠레를 잇는 선에 위치한다. 이곳에서는 진도 6~9까지의 지진이 자주 일어나고 화산활동도 빈번하다.

화산폭발이 일어났다는 뉴스가 들리면 성경대로 믿는 사람들은 아연 긴장한다. 「지옥은 스스로를 확장하였고 한없이 입을 벌렸으니 그들의 영광과 그들의 많은 무리와 그들의 허영과 기뻐하는 자가 그곳으로 내려가리라.」(이사야 5:14)라는 말씀을 상고하며, '또 많은 사람의 혼들이 지옥으로 내려갔구나.' 하는 생각에 스스로의 옷깃을 여미지 않을 수 없다. 화산폭발은 바로 하나님이 애초에 설계해 놓으신 대로 지옥이 스스로를 확장하는 현상이기 때문이다.

불붙은 연탄 불구멍에 손가락을 넣어 봤는가. 만약 태연히 견딜 수 있다면 그는 지옥에서도 견딜 수 있는 사람이다. 그러나 단 1초도 견디기 힘 든다면 무슨 수를 써서라도 지옥에는 가지 않는 것이 상책이다.

3. 「아버지의 의무」

세상에 모범적인 부모는 많다. 유치원부터 대학까지 착실히 공부를 시켜 아들을 판검사나 의사로 키워내는 부모가 있다. 한 푼 허투루 쓰지 않고 착실하게 재물을 모아 아들을 공부시키고 장가보내어 좋은 아파트를 마련해주는 부모도 있다. 어린 시절부터 외국에 보내어 외국어를 배우게 하고 그곳 대학에서 박사학

위까지 받게 하여 아들을 아주 외국인으로 만드는 부모도 있다. 모두 훌륭한 부모들이다. 그러나 이 모든 부모들보다 더 훌륭한 부모가 있다.

> "아부지, 사람은 죽어서 어디로 가지요?"
> 아들의 느닷없는 이 질문은 지상에서는 최상의 질문이다
> "그런 건 몰라도 돼. 이눔아!"
> 이렇게 일축해 버린다면 그것은 최악의 오답이다
> 그믐보다 더 캄캄한 죽음 너머에 무엇이 있는가를
> 아버지라면 모름지기 들려줄 수 있어야 한다
>   —「아버지의 의무」 전문

아들딸을 키우다 보면 어느 날 문득 "아부지, 사람은 죽어서 어디로 가지요?"하고 불쑥 물어올 때가 있을 것이다. 그러나 이 질문에 선뜻 진리로 답해줄 아버지는 많지 않을 것이다. "사람은 어디서 와서 무엇 때문에 살고 죽고 난 다음에는 어디로 가는가?"라는 문제를 풀기 위해 여러 해를 틈날 때마다 숙고하고 찾아, 마침내 그 답을 얻은 사람만이 자신 있게 일러줄 수 있는 말이기 때문이다. 성경은 「사람에게 옳게 보이는 길이 있으나, 그 끝은 죽음의 길들이니라.」 (잠언 14:12)고 말씀한다. 이 말씀대로라면 아버지 쪽에서는 진리라 생각하고 들려주지만, 많은 경우 엉터리 답을 들려주어 아들의 내세를 멸망으로 이끄는 경우도 부지기수일 것이다. 킹제임스 럭크만주석성경 잠언 4장 18절에 대한 각주脚註를 읽어보면 지옥으로 가는 일곱 넓은 길로 로마카톨릭, 동방정교, 유대교, 개신교, 이슬람교, 불교, 힌두교가 나열되어 있다. 이 말이 사실이라면 바른 진리의 길은 대체 어디에 있단 말

인가. 나는 단 하나 좁은 길을 찾기 위해 장장 50년을 고뇌하고 방황하였다. 그리고 천신만고 끝에 그 한 길을 찾았고, 운 좋게도 세 아들에게 죽음 너머 무엇이 있는가를 들려줄 수 있었다.

4. 「무모한 고행苦行」

세상에는 어떤 행위나 고행을 하여 신에게 다가서고자 하는 사람들이 적지 않다. 내가 아는 사람 가운데 50년 동안 새벽기도를 한 번도 빠지지 않았다는 노인이 있었다. 미욱한 자식을 위해 무려 수십 년을 새벽마다 정화수를 떠놓고 빌었다는 한 어머니의 이야기도 들은 적이 있다. 티베트 불교의 성지 라싸까지 무려 수천 킬로미터를 소가죽 앞치마를 두른 채 오보일배五步一拜의 고행을 하는 사람들의 동영상을 본 적도 있다. 심지어 경북 문경의 한 남자가 깊은 산골에 십자가를 세워놓고 스스로 예수님처럼 달려 죽은 사건도 인터넷뉴스를 통해 읽어본 적이 있다. 제각기 형태는 다르지만 어떤 행위를 통해 신에게 다가서고자 했다는 점에서 공통분모를 찾을 수 있다.

시므온 스틸라이트*는 '기둥 위의 성자'로 불린다/ 그는 마지막은 높이 13미터, 윗면 지름 1미터에서 20년을 보시리아 안티옥 부근 광야, 스스로 세운 기둥 위에서 살았다/ 3미터, 7미터, 11미터… 이렇게 기둥을 높여가다가/ 냈다/ 비, 서리, 눈, 태양빛에 노출된 채 자신의 죄를 없애고/ 오직 신에게로 다가가기 위해 고행에 고행을 거듭했다/ 그의 나이 69세 때 움쩍 않는

그를 확인 차 올라가 보았더니/ 이와 벌레들로 가득한
시신이 되어 있었다　한다
　　　—「무모한 고행苦行」

　세상 사람들은 어떤 행위가 맹신적인 것일지라도 평
생을 일관성 있게 행하면 냉철히 전후시말을 따져보
지도 않고 성자의 대열에 올려주는 경향이 있다. 기둥
위의 성자 시므온 스틸라이트가 바로 그 경우다. 높이
13미터, 윗면 지름 1미터에서 20년을 보낸다는 것은
웬만한 사람은 엄두도 못 낼 고행이다. 눈, 비, 서리,
추위를 고공에서 20년이나 견뎌낸다는 것은 초인적인
인내가 아니고는 절대로 불가능한 일이다. 웬만한 사
람은 한 해 겨울도 못 버티고 동사할는지도 모른다.
그러나 그의 행위는 참으로 가상하지만 그가 깨닫지
못한 일이 있다. 그것은 인간의 노력으로 신에게 가까
이 다가가고자 했다는 점이다.
　창세기 1장 6,7절을 보면 물속에 잠겨 있던 지구를
중심으로 창공(우주)이 창조주의 명령에 의해 생겨나
는 것을 볼 수 있다. 우주는 피라미드 모양의 거대한
공간인데 지구에서 정북방 가장자리까지 거리가 자그
마치 3조 광년이라 한다. 빛의 속도는 초당 30만㎞이
므로 1광년만 해도 상상도 못할 거리인데 3조 광년이
라니 얼마나 아득한 거리인가! 인간이 설사 빛만큼 빠
른 로켓을 만들어낸다 해도 3조 년이나 걸리니 그 누
구도 우주 공간을 건너갈 수는 없다. 따라서 인간이
신을 만나려면 그분 자신이 역방향인 인간 쪽으로 건
너오는 방법뿐이다. 바로 이 방법에 따라 신의 나라에
서 세상으로 인간의 몸을 입고 건너오신 분이 있었다.
야곱이 형 에서를 피해 파단아람으로 갈 때 벧엘에서

꿈에 보았던 그 사다리(창 28장)는 바로 오실 예수님을 상징한 것이었다. 따라서 예수님 자신이 나다나엘을 향해 "너희가 이후로는 하늘이 열리고 하나님의 천사들이 인자 위에 오르내리는 것을 보리라."(요한복음 1:51)고 한 것은 야곱이 보았던 그 사다리가 자신임을 밝힌 것에 다름 아니었다.

인간이 자신의 노력으로는 무슨 수를 써도 하나님 쪽으로 건너갈 수 없다면 지표에서 13미터를 높인다 해서 달라질 것이 무엇이겠는가. 시므온 스틸라이트가 고행을 한 곳이 시리아의 안티옥 근처라고 알려져 있는데, 그곳이라면 차라리 근처의 2,814m 헤르몬 산 정상에 오르는 편이 몇 백배는 더 신에게 가까웠을 것이다.

5. 「현자賢者」

성경은 이 우주의 주인이신 분이 자신의 선지자들을 동원하여 집대성한 절대 진리다. 모세오경은 모세, 여호수아서는 여호수아, 사무엘 상하는 사무엘… 이렇게 그 책들을 집필한 선지자들이 각기 다르다. 그런데 놀라운 사실은 40명 안팎의 선지자들이 각기 다른 시대와 장소에서 집필했음에도 불구하고 마치 한 자리에서 입을 맞춘 것처럼 전체 내용이 일관성이 있고 여러 사실들이 정확하게 일치한다는 점은 놀라운 일이다. 성경을 여러 번 통독해 본 사람들은 「너희는 주의 책에서 찾아 읽으라. 이것들 중에는 하나도 부족한 것이 없고, 하나도 자기 짝이 없는 것이 없으리니 이는 바로 나의 입이 명령하였고, 바로 그의 영이 그것들을 모으셨음이라.」(이사야 34:16)는 말씀이 말 그대로 과장이 없는 사실임을 확인하게 된다.

그런데 더욱 놀라운 사실은 성경은 아무에게나 열리는 책이 아니라는 점이다. 대개의 책들은 읽는 사람의 교육수준과 지식에 비례하여 이해도가 결정된다. 그러나 성경만은 개개인의 믿음의 정도에 따라 그 내용이 열리는 책이다. 일찍이 예수님께서는 말씀하셨다. 「오 하늘과 땅의 주이신 아버지시여, 이런 일들을 지혜롭고 슬기로운 자들에게는 숨기시고 어린 아기들에게 나타내심을 감사하나이다.」(마태복음 11:25) 자신들이 똑똑하다고 생각하는 고등교육을 받은 사람들을 어리석게 만든 사실을 그분께서 기뻐하셨다는 사실은 실로 섬뜩한 진실이 아닐 수 없다. 그렇다. 성경은 참으로 하나님께서 우리 인간들에게 주신 호리만치도 오류가 없는 진리라고 믿는 사람들에게 그 오묘한 말씀의 품을 열어 보이는 책이다.

> 두메산골 초등학교 졸업에
> 농투성이과 괭이 전공이 전부지만
> 말씀의 깊은 곳을 깨쳐
> 천문학자도 물리학자도 다 모르는
> 우주 속 제 위치를 훤히 꿰고 있느니
>   -「현자賢者」전문

현재 지구의 물리학자나 천문학자 가운데 깊음(deep)으로 된 큰 용기 속에 우주가 담겨 있는 줄 아는 사람은 없다. 금세기 최고의 물리학자로 칭송이 자자했던 스티븐 호킹(A.D. 1942-2018)조차도 죽는 날까지 우주의 끝과 깊음으로 된 큰 용기에 대해 입도

뻥긋할 수 없었다. 그러나 그 누구라도 성경에 정통한 사람이 되면 어떤 물리학자나 천문학자보다도 더욱 우주의 지식에 정통한 현자가 된다. 학력이라야 "두메 산골 초등학교 졸업에/ 농투성이과 괭이 전공이 전부" 더라도 그가 가진 성경 지식이야말로 진리 아닌 것이 없기 때문이다. 그런 점에서 보면 그 어떤 천문학자나 물리학자보다도 성경대로 믿는 사람들이야말로 우주 속의 자신의 위치를 정확히 꿰고 있는 현자가 아닐 수 없다. 성경의 인물 가운데 가슴 속에 가장 정확한 우주지도를 장착했던 사람은 바울이었다. 루스트라에서 복음을 전하다가 돌에 맞아 아주 죽었다고 간주되어 성읍 밖으로 끌려 나갔던 그 시간(사도행전 14:19)에 셋째하늘 낙원을 두루 답사하고 돌아왔으니(고린도 후서 12:2-4) 이보다 놀라운 간증이 또 어디 있겠는 가.

6. 「미망迷妄」

 미망이라는 말을 국어사전에서 찾아보면 '사리에 어 두워 갈피를 잡지 못하고 헤맴. 또는 그런 상태.'라고 정의 되어 있다. 인간생활 가운데서 이 미망은 우리가 생각하는 이상으로 광범위하게 자리를 잡고 있다고 볼 수 있다. 이를테면 어떤 일을 하면서 별 근거도 없 이 "…하는데 …하면 안 좋다고 하던데."라고 했다면 그런 것도 어떤 의미에서는 미망이라 할 수 있을 것이 다.
 사도행전 17장을 읽어보면 사도 바울이 아테네를 방 문했을 때 그 성읍에 우상들이 즐비한 것을 보고 영으로 괴로워했다는 대목이 나온다. 우리는 이것을 통해 아테네는 그 당시 로마 다음으로 문명이 발달한 도시였음에도 불구하고 소위 그 문명이라는 범주에 즐비하게 세워둔 우상도 그 한 부분을 점하고 있었다는 시사를 받는다. 바울은 아테네에서 에피쿠로스학파와 스토아학파의 여러 철학자들을 만났다. 이 가운데 전자는 최고의 가치로 인생을 즐기자는 주의를 표방했고, 후자는 완고한 숙명론으로 남자답게 운명을 받아들이자는 주의를 표방했었다. 그들은 당시 최고 지식인들이었지만 세상과 그 안에 있는 만물을 지으신 하나님은 사람이 주조한 금이나 은이나 돌로 만든 우상들의 신격과는 다르다는 바울의 고등지식을 곧이곧대로 이해할 수는 없었다. 바울은 이들에게 매사에 너무 미신적이라는 평가를 내렸다. 그리하여 아이러니컬하게도 바울은 그들 지식인들보다는 시장터에서 만나는 서민들이 오히려 자신의 말을 더 잘 알아듣고 이해한다는 데 동의하지 않을 수 없었다.

> 티베트 서부 카일라스 산 근처 마나사로와르 호수
> 이 물은 죄를 씻어내는 영험이 있다고 하여
> 사람들은 시시로 찾아와 얼음 같은 물에 몸을 담그곤 한다
> 물로 마음까지 씻을 수 있다는 어처구니를
> 어처구니없게도 자자손손 씻어내지 못하는 아둔함
> ―「미망迷妄」

티베트 고원 서부에 위치한 해발 6,656m의 카일라스 산은 티베트 불교, 뵌교(티베트 민족 종교), 힌두교, 자이나교에서 두루 성지로 여기는 산이다. 이 산

근처에 있는 해발 4,556m에 위치한 마나사로와르 호수는 세계에서 가장 높은 곳에 위치한 담수호로 역시 그곳의 성지이다. 그 일대에 사는 사람들은 이 호수의 물이 사람의 마음속의 찌꺼기를 제거해준다고 굳게 믿는다. 마나사로와르 호수를 마주하면 푸르고 고요한 호수가 따뜻하고 부드러운 어머니의 품을 연상케 하면서 저도 모르게 마음이 고요해지고 무아의 경지에 이르게 된다는 것이다. 그러나 성경의 진리에 정통한 사람의 눈으로 보면 이 또한 미신에 불과하다. 물이 아무리 성산聖山 카일라스의 눈 녹은 물이라 해도 마음속의 찌꺼기까지 씻은 준다는 믿음은 미망이다. 물로는 몸의 때는 제거할 수 있을지언정 혼과 영까지 씻어낸다는 것은 참으로 어처구니없는 일이기 때문이다.

성경에서 동정녀 탄생은 믿음의 근본사항이다. 예수 그리스도께서는 처녀 마리아에게 성령으로 잉태되어 출생한 분이다. 따라서 그분의 몸속에 흐르는 피는 ABO식 혈액형이 아니라 하나님 자신의 피(사도행전 20:28)였다. 오로지 그 피만이 온 인류의 죄를 없애는 효력이 있다. 그러나 그것도 그분을 구주로 영접하는 사람에 한정하여 효력이 발생한다. 전술한 바 있는, 스스로를 십자가에 못 박아 자살한 문경의 남자는 바로 이 점을 간과했다. 그가 흘린 ABO식 혈액형의 피는 죄 있는 아담의 피였을 뿐, 그것으로는 자기 자신의 죄마저도 용서받을 수가 없었다. 그리하여 그는 자신이 만든 십자가에 달려 인류의 죄를 대속한 예수님의 흉내를 내는 일에 한 목숨을 걸었으나 궁극적으로는 지옥이 그의 귀착지가 되고 말았다.